PITS LIVRES DE M. LE CURÉ,

Bibliothèque du Presbytère, de la Famille et des Écoles.

UN
PAUVRE DEVANT DIEU,

PAR

Mlle CROMBACK.

PAUL MELLIER, ÉDITEUR,
PLACE SAINT-ANDRÉ-DES-ARTS, 11.

... times broché ; **35** centimes cartonné. 71

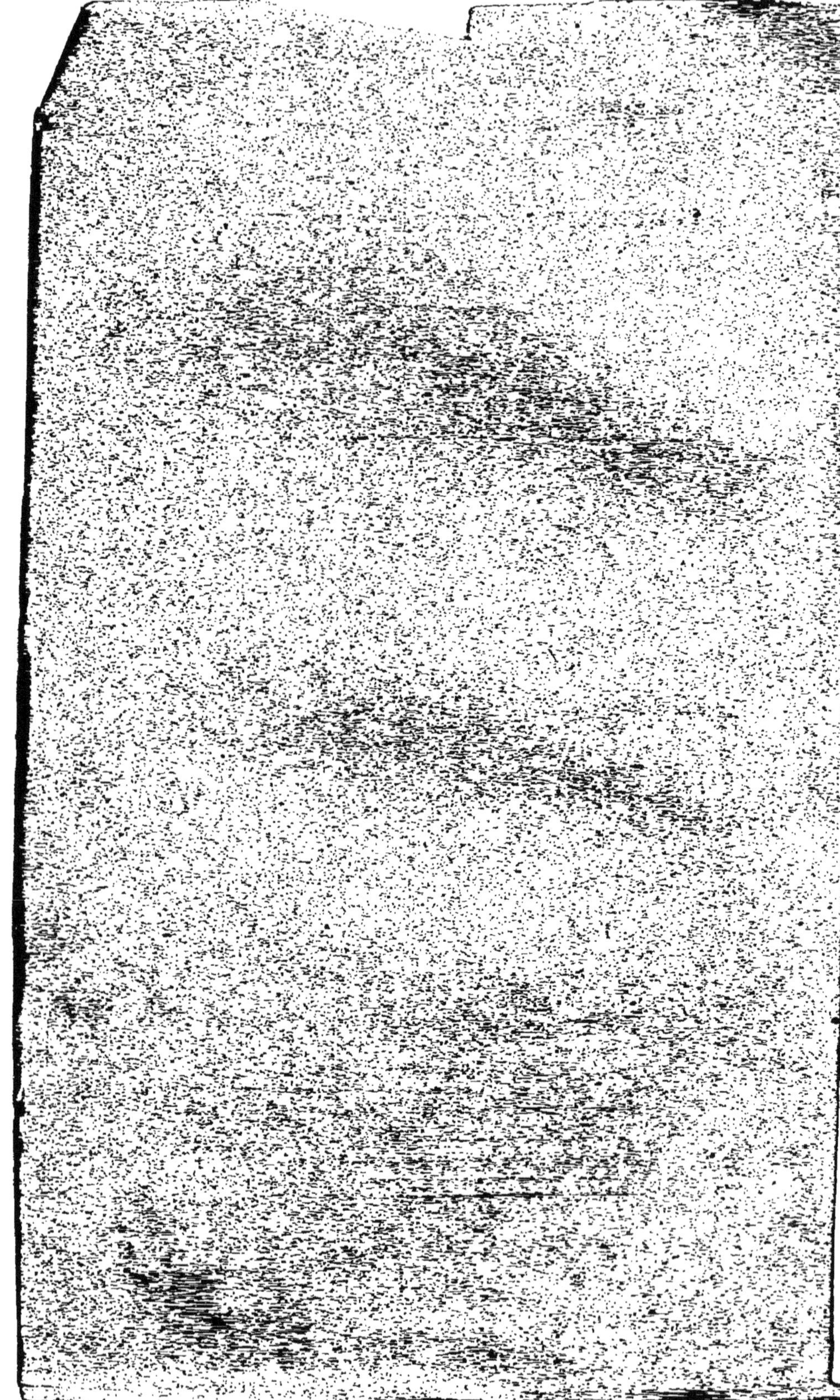

UN
PAUVRE DEVANT DIEU.

Approbation de **Mgr** l'Archevêque de **Paris**.

DENIS-AUGUSTE AFFRE, par la miséricorde divine et la grâce du Saint-Siége Apostolique, Archevêque de Paris.

MM. Plon et Paul Mellier, éditeurs, ayant soumis à notre approbation les ouvrages ci-dessous indiqués, faisant partie d'une collection ayant pour titre : LES PETITS LIVRES DE M. LE CURÉ, BIBLIOTHÈQUE DU PRESBYTÈRE, DE LA FAMILLE ET DES ÉCOLES, savoir : *Histoire de Hollande*, 4 vol.; *Histoire de Belgique*, 2 vol.; *Abrégé de la vie de la Sainte Vierge*, 1 vol.; *le Culte de la Sainte Vierge*, 1 vol.; *le Nègre Yago*, 1 vol.; *un Pauvre devant Dieu*, 1 vol.; *Comment on devient sage*, 1 vol.; *le Chemin de Keroulas*, 1 vol.,

Nous les avons fait examiner, et sur le rapport qui nous en a été fait, nous avons cru qu'ils pouvaient offrir aux personnes auxquelles ils sont destinés une lecture intéressante et sans danger.

Donné à Paris, sous le seing de notre Vicaire-Général, le sceau de nos armes et le contre-seing de notre Secrétaire, le cinq août mil huit cent quarante-quatre.

F. DE LA BOUILLERIE, *Vicaire-Général.*

Par Mandement de Monseigneur
l'Archevêque de Paris :

E. HIRON, *Chanoine honoraire, pro-secrétaire.*

IMPRIMÉ PAR BÉTHUNE ET PLON, A PARIS.

LES
PETITS LIVRES DE M. LE CURÉ,

BIBLIOTHÈQUE
du Presbytère, de la Famille et des Écoles.

UN
PAUVRE DEVANT DIEU,

OU

QU'EST-CE QUE LA RICHESSE?

PAR

Mlle Louise CROMBACK.

PARIS.

CHEZ PAUL MELLIER, ÉDITEUR,
PLACE SAINT-ANDRÉ-DES-ARTS, 11.

UN PAUVRE DEVANT DIEU.

I.

Où l'on fait connaissance avec la famille.

« Ne pleurez pas ainsi, mon cher enfant, disait une jeune mère à son fils, malade d'une de ces fièvres que donne la croissance ; ne pleurez pas ainsi, vous guérirez et vous serez plus fort ; il faut bien souffrir pour grandir !... »

L'enfant malade releva la tête, sourit à l'idée de devenir plus grand, et regarda fièrement un petit sabre suspendu à sa couchette : il ne pleurait plus.

Huit jours après, la jeune femme, assise auprès de son fils qu'elle croyait endormi, répandait à son tour d'abondantes larmes ; son mari manquait d'ouvrage et le pain allait manquer aussi...

L'enfant la regarda long-temps, étonné et pâle ; puis il souleva vers elle ses petites mains suppliantes, et lui dit aussi distinctement que ses trois ans le lui permirent : « Mère, ne pleure pas; c'est pour *venir* grande que tu as mal! »

La jeune femme releva la tête, et ses yeux rencontrèrent l'image du Christ : « Oui, dit-elle en embrassant Ignace avec effusion; oui, la douleur grandit, puisqu'elle rapproche de Dieu! et nos âmes comme nos corps ont leurs fièvres de croissance. O mon enfant, tu as raison ! » Et la jeune femme ne pleurait plus.

Se reprochant bientôt cette heure de découragement, elle se mit à ranger son petit ménage, afin que son mari ne se doutât pas en rentrant du dénûment complet dans lequel on allait tomber.

Les meubles brillaient comme des glaces; les chandeliers de cuivre étaient devenus d'or, et quelques fleurs, jetées çà et là dans des verres, achevaient de donner un air de fête à cet humble toit.

Un pas d'homme se fit entendre dans l'escalier : « C'est votre père qui revient, » dit Julie, toute heureuse d'avoir bien paré la maison ; et, accompagnée des deux enfants qui battaient des mains d'impatience, elle descendit à la rencontre de son mari en souriant.

Il ne souriait pas, lui !

« Point de travail encore, dit-il, et plus de pain !

— Eh bien, nous mangerons des pommes de terre, répond gaiement Julie ; seulement nous les mangerons frites à l'eau ; je me suis laissé dire qu'elles en sont plus saines. »

Le front du mari s'éclaircit un peu à cette plaisanterie.

Une petite table, couverte de linge bien blanc, attendait la famille ; un plat de pommes

de terre était au milieu, tout fumant et bien

échafaudé en pyramide. Devant chaque assiette une petite tasse de lait remplaçait le verre de vin. C'était un repas à la mode des montagnes où Julie était née.

Ignace convalescent fut l'objet des premières caresses de son père; la petite Sophie tendit sa tête à son tour aux baisers paternels, et, après une courte prière, on se mit à table. Il est bien difficile que la conversation prenne une tournure grossière après le *Benedicite :* on vient de parler à Dieu et le *ton* est donné par ces quelques mots, qui ne peuvent que rappeler des sentiments élevés.

On parla donc avec plus de courage et de résignation des difficultés nouvelles à vaincre, des privations prochaines à subir, et du triste avenir des enfants.

« Ce que c'est que les songes! dit Julie; on a bien raison de les appeler mensonges! Cette nuit je rêvais que, assise au chevet d'Ignace, encore très-malade, une belle dame enveloppée d'un long voile blanc était venue s'asseoir auprès de moi; qu'elle avait touché l'enfant, et qu'elle m'avait dit en me touchant aussi le front : « Votre fils vivra, il sera riche et heu- » reux. » Dans mon rêve je voulus lui deman- der si Sophie, si toi, vous vivriez aussi heureux et riches, mais la dame avait disparu ; seulement à mon réveil j'ai eu bien peur, car la tête de la Vierge qui est au chevet de mon lit ressemble à cette dame, et j'ai cru qu'elle allait me parler.

— Heureux et riche ! dit Delplanque en regardant son fils avec abattement ; et bientôt peut-être la faim se fera sentir ! »

Julie avait des larmes dans les yeux, elle prit la main de son mari :

« Gens de peu de foi que nous sommes ! dit-elle ; nous nous décourageons comme si nous ne sentions plus de ciel sur nos têtes. Pourquoi cela ? avons-nous fait notre malheur par notre inconduite, et notre bonheur n'est-il pas, avant tout, de nous sentir ensemble devant Dieu ? Qui nous l'ôtera jamais, et pourquoi tant redouter la misère ?

» Allons plutôt, reprit-elle, offrir à Dieu cette misère, puisqu'il ne nous a laissé que cette offrande à mettre à ses pieds, et prions-le de donner aux autres tout ce qui nous manque, en nous inspirant seulement, à nous, une bonne idée pour gagner le pain de nos deux enfants ! »

Après le repas, on s'en fut en effet à l'église avec les deux jumeaux. Ce calme frais de la chapelle, ce parfum d'encensoir qui reste long-temps après la prière, tout cela finit par desserrer un peu les cœurs et les ouvrir à l'espérance.

Ignace et Sophie ne priaient pas encore peut-être : ils avaient trois ans ; mais ils promenaient curieusement leurs jeunes regards sur les grands tableaux de saints, sur les fleurs de l'autel ou sur l'orgue endormi, dont ils aimaient tant la voix à la messe du dimanche.

Nos enfants pauvres n'avaient rien de ce luxe qui entoure les enfants riches. Leur salon, leur concert, leur spectacle, c'était l'église : c'était là qu'ils venaient apprendre à sentir et aimer le beau ; mais toujours ils remportaient une bonne impression de la chapelle.

Delplanque et sa jeune femme, un peu ranimés et semblant pressentir une fin à leur peine, sortirent de l'église.

Un homme passa devant eux, traînant une charrette assez lourdement chargée.

La rue de la Charité, près de l'église Saint-Laurent, est très-montueuse, et ce pauvre homme, tout haletant, s'épuisait en vains efforts. Ignace tendit ses petits bras comme pour faire avancer la charrette, et Delplanque obéit à ce geste en la poussant vigoureusement. L'homme se retourna pour remercier, et Delplanque aperçut une plaque de cuivre suspendue

au bouton de sa veste : c'était un commissionnaire.

Ce moyen d'existence ne s'était pas encore
présenté au père de famille. Huit jours après,
Delplanque était commissionnaire, bénissant
Dieu et son petit garçon auquel il devait d'avoir
aperçu la plaque de cuivre de l'homme de la
charrette. Delplanque eût entrepris le travail
le plus pénible avec dévouement, pour épar-
gner à sa jeune famille la misère dont elle était
menacée.

Il n'avait pas toujours été aussi pauvre ;
mais la concurrence avait ruiné en province un
bel établissement industriel ; et il était venu à
Paris ne voulant pas être indigent où il avait
été presque riche. On aurait peut-être fini par
l'accuser de désordre ou d'ineptie, tant le
monde est prêt à suspecter le malheur pour se
dispenser de le secourir !

O mes enfants ! ne vous demandez jamais
en voyant un pauvre si sa misère vient de ses
fautes ! ou bien que ce soit pour le plaindre
plus encore, car il serait bien plus réellement
pauvre.

II.

Ignace est-il riche?

Nous avons dit qu'Ignace, selon le rêve de sa mère, devait être heureux et riche; nous verrons si en effet tous songes sont mensonges, comme le dit le proverbe, ou si notre petit ange a rapporté du ciel quelque trésor caché.

Ignace et Sophie étaient jeunes, et semblaient avoir été envoyés ensemble à leurs parents pour qu'ils en eussent chacun un à bercer, le soir, après l'heure de la fatigue.

Ces deux enfants s'aimaient comme les jumeaux s'aiment, et comme s'aiment les enfants qui ne voient autour d'eux que tendresse pieuse, résignation paisible, et bonté sans bornes.

Ignace avait surtout pour sa sœur une affection dévouée et presque paternelle. Quoique de son âge, à huit ans il la protégeait déjà, tout en lui obéissant en esclave. Il veillait à table à tous ses besoins, lui faisait chaque matin ses petits souliers brillants comme des miroirs, et se mettait devant elle dans la rue lorsqu'une voiture passait, pour qu'elle n'en fût pas éclaboussée.

On avait essayé de les envoyer à l'école, mais ils tombaient malades d'être séparés, tant leur existence semblait tenir au même fil. On s'était donc résigné à leur enseigner le peu que l'on savait, et Dieu faisait le reste.

Sophie aidait sa mère dans les soins du ménage, et son frère cirait, frottait, polissait tout le jour les meubles et tous les objets de cuivre ou de fer-blanc de la maison. Jusque-là ce qu'il admirait le plus, après un jardinier, c'était le chaudronnier ambulant, devant lequel il s'était souvent arrêté dans la rue, et qui lui avait montré à nettoyer, polir et souder les métaux. Sa sœur l'aidait, et, pour récompense, il arrangeait son feu avec soin, de manière à ne guère brûler de bois et à faire cependant de jolies petites flammes capricieuses que les deux enfants regardaient avec bonheur. Que voulez-vous ! ces enfants n'ont pas de jouets coûteux pour s'amuser, ils n'ont que les flammes bleues du foyer, les étoiles du ciel et les quelques fleurs qui croissent sur leurs fenêtres ; ils n'ont pas de *petits ménages*, ces trésors d'enfants riches, et ils prennent bravement les plats et les écuelles de leurs parents pour jouer, c'est-à-dire pour les rendre brillants et bien propres, et pour les remplir de mets simples que leur mère leur apprend à préparer chaque jour. Ils s'amusent cependant beaucoup, je vous assure, parce que Julie sème et plante, dans des caisses pleines de terre, quelques légumes et quelques herbes potagères, et qu'elle intéresse ainsi ses enfants aux travaux de la cuisine en leur faisant cultiver et aimer ces plantes nourricières dans leur petit jardin, pour les servir ensuite sur leur table.

Les deux jumeaux ne s'ennuyaient pas et ne se doutaient guère qu'ils étaient pauvres. Ignace même plaignait beaucoup ces enfants riches, qu'il voyait passer avec des oiseaux de carton, tandis que lui possédait à son gré des oiseaux vivants, qu'il allait attraper le dimanche, en famille, dans les champs, pendant que Sophie et sa mère cueillaient des plantes balsamiques dont elles faisaient ensuite d'excellents beignets, des boissons agréables ou des baumes pour guérir.

Mais ces jeunes enfants allaient connaître le malheur! Sophie tomba dangereusement malade!

Ignace ne quitta plus son chevet, et son beau visage devint presque aussi pâle que celui de sa

sœur ; pour l'emporter le soir, il fallait attendre
que la fatigue l'eût endormi, et le matin, à son
réveil, après sa prière à Dieu, sa sœur avait
sa première pensée. Quand on le forçait à sortir
un peu, il courait à la chapelle prier la Vierge ;
puis il allait au clos Saint-Lazare chercher,
pour sa sœur, quelques fleurs inodores, quelques plantes vertes et de jolis scarabées aux ailes
changeantes. Sophie souriait à tout cela, et ces
distractions douces calmaient sa fièvre.

Un jour, il lui rapporta tout triomphant une
grosse chenille verdâtre qu'il avait obtenue
d'un autre enfant, et Sophie fit un cri de dé-
goût en l'apercevant.

« — Oh ! la vilaine bête ! dit-elle ; ôte-la, mon
frère ! tue-la ! »

Ignace mit la chenille dans une boîte, et dit
gravement à sa sœur : « Elle est bien laide, cette
bête, n'est-ce pas ? mais c'est elle qui fait
ces étoffes brillantes que tu trouves si belles !
Cette bête, c'est un ver à soie, faut-il la
tuer ? »

Sophie avait déjà la chenille dans les mains ;
sa peur et sa répulsion, tout avait fait place à
une admiration curieuse et reconnaissante :
Oh ! comme je vais la soigner, Ignace ! laisse-la-
moi, je l'aime à présent. Pauvre petite que je

voulais tuer parce qu'elle est laide ! Oh ! tiens,
je la trouve belle.

— Dis donc, Sophie, reprit Ignace, le voisin de là-haut est bien laid et nous fait bien
peur ; personne ne le visite et ne l'aime ; pourtant, s'il était comme ce pauvre ver, et qu'il fît
dans son grenier quelque belle chose pour le
monde, pendant que le monde se sauve de lui ?
— Nous irons le voir, frère.
— Oui, quand tu seras guérie ! » Et les deux
enfants s'embrassèrent.

Sophie guérit, et l'on célébra la convales-
cence par un jour de repos destiné à une longue
promenade. On allait partir, lorsque Ignace
demanda la permission de sortir un instant; il
entra d'abord dans son petit cabinet; il en revint
le chapeau sur la tête, le front haut et la démar-
che un peu roide et se dirigea vers la porte sans
saluer personne, sa mère l'arrêta :

«— Où vas-tu donc ainsi, mon petit garçon?»
dit-elle en riant.

Ignace ne répondait pas et paraissait troublé.

Julie reprit d'un ton plus sévère :

« — Est-ce que mon fils ferait quelque chose
que sa mère ne dût pas savoir? »

L'enfant tressaillit et baissa la tête; à ce
mouvement on vit ses beaux cheveux blonds
tout inondés de lait, et tout le monde se mit à
rire sans comprendre.

Ignace prit alors son parti en brave et accepta courageusement son sort. Quand on put
parler, on lui demanda encore le secret de ce
bain extraordinaire, et l'enfant, ôtant son chapeau, montra une petite tasse renversée qu'il
avait mise pleine sur sa tête un instant aupa-
ravant.

« — Vous ne me gronderez pas si je vous
dis tout? demanda-t-il doucement à sa mère.

2

— Eh non! dis donc vite, répondit Delplanque.

— Eh bien! écoutez : Sophie était bien malade; j'avais beau prier, elle ne guérissait pas;
alors je me suis rappelé que ma mère nous disait souvent : « Chargez votre bon ange de ré-
péter vos prières à Dieu, parce qu'ils ne font
pas de péchés, les anges, et qu'ils sont mieux
écoutés au ciel. » Alors j'ai pensé que j'avais
sans doute fait trop de péchés pour être écouté
du bon Dieu, et j'ai voulu faire pénitence en
me privant pendant un mois du lait sucré de
mon déjeuner. Comme il y a là-haut un pauvre
homme qui n'achète pas de lait parce qu'il est
trop cher, quoiqu'il l'aime bien, j'ai voulu
lui porter la tasse que je ne buvais pas. Mais
j'avais peur qu'on ne m'empêchât de m'en pri-
ver, et j'ai cherché un moyen de porter cette
tasse sans être vu; le meilleur moyen que j'ai
trouvé, c'est de mettre ma tasse sur ma tête et
mon chapeau par-dessus. Pendant quinze jours
j'ai pu passer tout droit devant vous sans acci-
dent; mais aujourd'hui j'ai eu du malheur! »
Sophie l'embrassait à l'étouffer; Julie et Nicolas
se regardaient heureux et fiers d'avoir un tel enfant et bénissaient Dieu : « Oui, cet enfant est

riche, dit tout bas Delplanque à Julie, et l'ange de ton rêve avait raison. »

Julie avait tant demandé à Dieu avant d'être mère, non pas des enfants beaux, mais des enfants *bien nés*, qu'elle avait été exaucée. On alla au Jardin-des-Plantes, et Ignace salua toutes ces bêtes qu'il reconnaissait déjà ; il examina le progrès des fleurs et des plantes comme un vrai propriétaire ; et si on lui eût dit que tout cela n'était pas à lui, il aurait répondu sérieusement : « Tout cela se regarde et ne se mange pas : tout cela est donc à moi, puisque Dieu m'a donné des yeux pour les voir. » Ignace était riche, n'est-ce pas ?

III.

Les malheurs viennent, mais le bonheur reste.

Un an après la maladie de Sophie, le choléra vint s'abattre sur Paris, et Delplanque et sa femme furent des premiers atteints.

Delplanque sentit qu'il allait mourir, et, voyant le désespoir sur le front des enfants, il les fit approcher. « — Mes enfants, leur dit-il, si vous m'aimez, vous allez pouvoir me le prouver bientôt, car je verrai de là-haut tout ce que vous ferez pour votre mère, et je vous en bénirai. »

L'idée de rester sous le regard de leur père, et de pouvoir, à toute heure, lui montrer combien ils l'aimaient, les calma un peu. Delplanque ajouta :

«—Allons, enfants, ne pleurez pas ainsi, tous les jours je vous quittais pour aller au coin d'une rue vous gagner du pain ; désormais je ne vous quitterai plus un instant. Vous ne me verrez pas, mais je serai là, comme Dieu, partout où vous serez. Ne pleurez donc pas, mes enfants, et soyez bénis ; restez purs et pieux, afin de rester riches et heureux. »

Il mourut calme et confiant.

Julie n'eut pas le temps de mettre à l'épreuve la tendresse dévouée de ces jumeaux, car elle alla rejoindre au ciel son mari, en les recommandant à la Providence qui n'abandonne pas les orphelins.

Les pauvres enfants se regardèrent.... mais, pour ne pas s'attrister mutuellement, et pour ne pas faire de chagrin à leurs parents qui les voyaient des cieux, ils contenaient mutuellement leur douleur, et les soucis de la vie matérielle vinrent encore les distraire un peu de cette grande tristesse.

Le vieux voisin auquel Ignace avait porté le lait de son déjeuner pendant un mois, ce voisin si laid, dont les enfants ont parlé à propos de la laideur du ver-à-soie, prit chez lui ces orphelins qu'on allait mettre en hospitalité dans des prisons ou dans des dépôts de mendicité.

Le vieux voisin vivait d'une chétive industrie, mais il était assez riche de cœur pour donner aux autres, et les enfants lui durent une place dans son grenier, à l'abri du moins des mauvaises influences d'une prison... Il ne se demanda pas ce qu'il ferait de ces enfants, il se rappela seulement qu'ils avaient été bons pour lui, qu'ils l'avaient visité souvent, et qu'Ignace lui rapportait toujours mille choses de ses promenades.

Mais Ignace ne pouvait rester à la charge de ce vieillard ; et à dix ans, où aller demander de l'ouvrage ? d'ailleurs il ne savait rien faire qu'attraper les oiseaux du ciel, pêcher les petits poissons de la rivière, cultiver des légumes sur sa fenêtre et les accommoder pour la petite *dînette* fraternelle : bien que tout cela soit utile en soi, tout cela ne pouvait être utilisé comme un métier. Il savait bien aussi un peu faire le chaudronnier ambulant, mais il y avait un humble matériel à acheter pour *s'établir ;* et puis il était si jeune qu'on ne lui confierait pas une tasse à raccommoder ! on aurait peur qu'il achevât de la casser !

C'est égal, il faut qu'il sorte de ces difficultés ; sa mère le regarde, et sa sœur n'a que lui sur la terre !

Heureux et fier de se sentir l'unique protecteur de Sophie, il courut dans beaucoup d'ateliers pour y entrer en apprentissage, mais quand il prévenait qu'il avait une sœur et qu'il fallait la prendre aussi, on lui riait au nez et on le mettait à la porte, le croyant fou. Et cependant il ne venait pas à l'idée d'Ignace de se séparer de sa sœur jumelle ; il lui eût semblé que Sophie en fût morte, tant il sentait de douleur dans sa jeune âme à la pensée de vivre loin d'elle. Repoussée partout, il priait chaque soir avec plus d'instance son ange gardien et s'endormait confiant, persuadé qu'il était d'avoir été entendu là-haut, et plein d'espoir pour l'heure du réveil.

Le prêtre qui avait assisté la famille Delplanque au lit de mort visitait les enfants et leur cherchait aussi un avenir ; mais dans ces temps de terreur générale on avait trop à faire de soigner les malades sans s'occuper des orphelins : c'est après la bataille que l'on compte les morts et les blessés et qu'on les emporte. Pendant la lutte on emploie toutes ses forces à repousser l'ennemi. Il fut terrible, cet ennemi qui s'appela le choléra !

Ignace revint à son premier projet, et s'en fut un jour frapper à la porte d'une grande maison : une domestique ouvrit.

« — Madame, dit-il, je viens voir si vous avez quelques objets de cuivre, d'étain ou de fer-blanc à nettoyer ou raccommoder ; je vous ferai cela pour bien peu de chose !

— Vraiment, c'est pour cela que tu me déranges ? dit la servante en riant ; eh bien ! tu es encore bon enfant, toi ; veux-tu bien t'en aller ! »

Mais Ignace ne bougeait pas :

« — Madame, vous avez tort de me renvoyer, car je vois des taches à vos plats de cuivre ; et si vous ne les faites nettoyer bientôt, ils vous rendront malades, pour vous punir de les laisser ronger ainsi par le vert-de-gris. »

La servante ne se fâcha point :

« — Mais tu ne m'as pas l'air du tout d'un Auvergnat, mon garçon, pour être si bon chaudronnier, dit cette grosse fille d'un ton plus doux.

— Non, madame, je suis Flamand. » Et l'enfant raconta comment il avait appris un peu de cet humble métier dans la rue, attiré par le prestige de quelques poudres noires, qui, toutes noires qu'elles étaient, rendaient brillants et polis tous les métaux. Ces petites poudres mordaient sur les taches comme les chiens mordent sur les voleurs, et cela m'amusait dit Ignace en finissant son histoire. Oh ! je serais bien heureux de gagner ma vie à ce métier !

— Pauvre petit, viens tous les samedis me voir ; je te donnerai vingt sous pour m'aider à mon grand nettoyage de cuisine, et voilà d'avance ta première journée. La bonne servante referma la porte.

— Bon ! dit-il, de l'argent et du bonheur tout à la fois ! Il courut à la halle, heureux et riche pour acheter quelques provisions de ménage. Une voiture venait d'y heurter l'étalage d'une marchande des quatre saisons ; et fleurs, fruits et légumes, tout roulait pêle-mêle dans la boue ! Ignace, oubliant tout, s'empressa de ramasser la marchandise. La fruitière eut un instant peur que l'enfant n'emportât ses pommes rouges, mais elle se rassura bientôt en voyant Ignace sérieusement occupé à ranger avec ordre et symétrie ces corbeilles de fruits, ces gerbes de légumes verts, et ces bouquets de fleurs ; les gradins d'étalage où il les plaçait avec tant de plaisir ressemblaient à une riche montagne toute semée de rosaces éclatantes, comme un tapis des Gobelins ; car Ignace avait formé des dessins avec les corbeilles, les bouquets et les masses d'herbes.

La marchande le regarda surprise, et lui dit en lui mettant des poires dans son chapeau et dix sous dans sa main :

« Viens m'aider tous les mardis, jours de marché, et je te payerai bien. »

Ignace avait été heureux à ranger tous ces trésors du bon Dieu qu'il aimait tant, et il s'écria encore : « De l'argent et du bonheur tout à la fois ! Oh, mère ! tu nous protéges ! »

Le samedi et le mardi lui rapportaient trois francs, parce qu'il menait sa sœur avec lui pour partager son travail si amusant. Le reste du temps on cousait des chemises de soldats, à cinq sous la pièce ; et Ignace ne s'en tirait pas trop mal, quoiqu'il eût moins de plaisir qu'à polir du cuivre ou ranger des fleurs. Mais sa sœur cousait, et il était heureux de souffrir un peu pour elle et près d'elle : c'est vous dire qu'il ne souffrait pas du tout.

De son côté Sophie faisait de son mieux pour que son frère ne supportât pas de trop rudes privations; et se rappelant tout ce que sa mère avait eu de sollicitude pour son petit ménage, elle la bénit de lui avoir appris à tout faire un peu; heureuse de pouvoir blanchir et repasser le soir le linge de son frère, et de savoir lui préparer quelques mets simples, mais de son goût. Et lui, il revenait radieux lorsqu'il pouvait rapporter à cette bonne petite un fruit ou une fleur. Chacun d'eux allait au-devant de l'autre avec une petite surprise agréable à annoncer, et le temps d'absence avait été rempli par cette douce préoccupation de se préparer du bonheur mutuellement.

IV.

Tentation.

Jusque-là nos deux orphelins ont travaillé ; mais Dieu a béni leur courage et leur labeur, et le pain quotidien, demandé chaque jour, n'a pas manqué sur la petite table de noyer ; chaque semaine, on a remis au propriétaire une petite somme d'épargne pour le loyer des deux petits cabinets, et, le bon prêtre aidant, on a pu attendre que la Providence décidât pour l'avenir. Mais un matin, Sophie et son frère s'en revinrent bien tristes ; pendant un mois on ne pouvait leur donner de l'ouvrage... Ignace espéra un instant que la bonne cuisinière l'occuperait un peu plus ; mais quel ne fut pas son chagrin en apprenant qu'elle était partie avec ses maîtres pour toute la belle saison !

Pendant quelques jours, on vécut des petites économies du ménage ; mais il fallut bientôt rogner un peu les portions... Le vieux voisin en tomba malade, parce que son grand âge le rendait plus faible pour supporter les privations. Quand Ignace le vit couché, il se sentit bien malheureux et s'en fut trouver le bon prêtre : il était absent aussi pour une retraite !...

Le vieillard ne pouvait aller à l'hospice, car son mal venait de la faim, et les médecins n'acceptent pas cette maladie-là ! sans doute parce qu'ils sentent que leurs hôpitaux seraient bientôt envahis par cette plaie de la misère !

Ignace et Sophie n'osaient dire trop haut leur pauvreté ; ils avaient peur qu'on les renvoyât de leur petit logement quand on les saurait sans pain. Ignace allait bien tous les matins à la halle, cherchant à aider l'un et l'autre ; mais quand il rapportait un sou ou deux et quelques pommes de terre dans ses poches, c'était tout ; et à peine cela suffisait-il à les empêcher de mourir de faim !

On priait toujours avec le même bonheur cependant, et plus le pain manquait plus on se croyait près du ciel ! Et pourtant on ne pouvait regarder le vieillard sans pleurer ! Ces enfants auraient souffert tant qu'il aurait plu au bon Dieu, sans se plaindre; mais leur courage défaillait à voir ce bon vieux souffrir! C'est que, pour eux, c'était un père, et ils avaient tant aimé leur père!

Après être resté plus long-temps à genoux, Ignace sortit un matin, bien décidé à ne rentrer qu'avec un peu de provisions pour son malade et pour sa bonne sœur.

Sophie, par je ne sais quel pressentiment, voulut le retenir; mais il s'échappa de ses mains, et s'en fut à l'aventure dans les rues de Paris, demandant à son bon ange gardien de lui inspirer un moyen de gagner quelque chose. Pour toute réponse du Ciel, des nuages vinrent s'entasser au-dessus de sa tête, et la pluie tomba bientôt par torrents. Ignace se réfugia sous une porte cochère où plusieurs personnes se trouvaient déjà, poussées là comme lui par l'ondée.

Timide et triste, il alla s'asseoir dans un coin, et laissa rire autour de lui ceux qui regardaient l'embarras des piétons se sauvant de l'averse. Un homme qui ne riait pas le remarqua, et s'en fut à lui : cet homme avait une barbe épaisse et peu soignée, le visage dur et hardi, et Ignace fit un mouvement pour s'en aller.

Il pleuvait toujours.

L'homme s'assit à terre, auprès de lui : « Tu m'as l'air triste, mon garçon? dit-il à Ignace.

— J'en ai l'air et la chanson, monsieur ; répond l'enfant en essayant de sourire.

— Qu'as-tu donc ? »

Ignace raconta un peu de sa vie, heureux de décharger son cœur. L'inconnu qui l'avait interrogé murmura entre ses dents : « : Orphelin pauvre pas bête du tout, c'est ce qu'il me faut ! » Puis cet homme ajouta plus haut : « Pourtant tu ne peux pas laisser mourir ce vieux ni ta sœur, et, en attendant que l'ouvrage ou le prêtre revienne, que vas-tu faire?

— Prier, dit l'enfant avec des larmes dans la voix.

— Prier ! dit l'homme, ça ne remplira guère l'estomac de ton vieux, et, si tu t'avises de mendier, on te mettra en prison avec des voleurs et des assassins, ce qui ne donnera pas plus de pain à ta sœur, n'est-ce pas?

— Cela la ferait mourir, monsieur ! Mais que voulez-vous donc que je fasse ? »

Il pleuvait toujours; l'homme se rapprocha.

« Écoute ; tu es pauvre, tu as faim, et voilà des gens autour de nous qui ont dîné et qui ont encore de quoi dîner bien des fois.

— Eh bien?

— Eh bien, regarde cette poche entr'ouverte ;
ta main est petite, et tu y puiseras un morceau
de pain, et mieux encore !

— Mais, monsieur, dit l'enfant effrayé, ce
serait un vol ! et ma mère qui me regarde au
ciel me maudirait !

— Ta mère ? bah ! elle verrait que c'est
pour nourrir ta sœur et le vieillard ; d'ailleurs
demain, si tu as de l'ouvrage, tu ne voleras
plus.

— Non! demain je ne pourrais plus travailler, je serais malade!

— C'est possible; mais alors je t'aiderais, puisque tu serais *des nôtres !*

— Vous êtes donc un !... » L'enfant s'arrêta, épouvanté du mot qu'il allait prononcer.

« Tiens, pourquoi pas? dit l'inconnu, qui avait bu quelques verres d'eau-de-vie de trop, sans doute.

— Et vous ne travaillez jamais, vous?

— Non.

— Vous voyez bien que Dieu vous a puni puisque vous n'avez plus trouvé d'ouvrage!

— Merci! dis donc que je n'en ai plus voulu, de l'ouvrage! Où en aurais-je trouvé qui me rapportât, l'un portant l'autre, dix ou quinze francs par jour, moi qui ne sais que faire des sabots?

— Que faites-vous donc de tant d'argent?

— Je le bois et mange avec les amis, afin qu'ils me soignent quand on me coffre en prison.

— Mais votre famille, mon Dieu! quel chagrin vous lui faites!

— Ma famille? est-ce que j'y pense? Il y a bien vingt ans que je n'en ai demandé des nouvelles! Un jour, elle aura des miennes par la *Gazette des tribunaux;* mais ma mère ne sait pas lire, heureusement! » Et l'inconnu riait.

Ignace se leva pâle et bouleversé; l'homme le prit par le bras : « Tu veux donc laisser mourir celui qui t'a recueilli et nourri? mais tu es un ingrat! mais tu es un lâche! »

Ignace regarda l'homme et frémit dans tout son cœur; des gouttes de sueur tombaient de son front; lui, lâche! lui, ingrat! faut-il donc être criminel? Il regarda le ciel, et, par une force soudaine, il s'élança dans la rue.

La pluie avait cessé; le soleil chassait devant lui tous les nuages, et la terre rayonnait. L'enfant courut jusqu'à sa porte sans regarder derrière lui; mais arrivé là, il se souvint qu'il n'avait rien pour le malade et s'arrêta.

« C'est impossible que je rentre, se dit-il; » et, prenant son courage à deux mains, il alla chez l'épicier le plus voisin :

« Monsieur, donnez-moi un peu de sucre à crédit, rien qu'un peu! Je ne sais pas quand je vous le paierai, car nous n'avons pas d'ouvrage; mais je ne vous en demanderai pas d'autre avant de vous payer celui-là!

— Tiens, c'est toi, Delplanque? ta sœur est donc malade?

— Non, c'est le pauvre vieux!

— C'est la même chose : il faut du sucre ; mais tu as eu tort de te gêner, mon garçon ! ton père m'a trop rendu de petits services pour que je te refuse : tiens, voilà du sirop, de la chandelle, du beurre, et cinq francs pour attendre mieux. » L'enfant hésitait d'accepter.

« Pardieu ! prends donc ; je ne te le donne pas ! tu me le rendras plus tard, quoi ! Il y en a bien d'autres qui me doivent, va ! »

Ignace, joyeux et reconnaissant, se jeta au cou de l'épicier, et porta la provision au petit ménage.

« Tu es resté bien long-temps, frère ! et j'ai été bien *en peine* de toi, lui dit Sophie.

— Et tu avais bien raison d'être en peine, ma pauvre sœur ! » Et l'enfant remercia tout bas son bon ange, qui l'avait préservé du mal et délivré de la tentation.

V.

Deux jours après, le vieillard allait mieux déjà, et bénissait de toute son âme ses petits adoptés, qui lui donnaient des soins si touchants. Ignace, qui n'avait rien de caché pour Sophie, lui avait raconté la rencontre de l'inconnu sous la porte cochère, et Sophie regardait son frère comme on regarde un réchappé du naufrage, avec un reste de terreur et une indicible joie. Le bon prêtre revint enfin, mais quand il leur fit sa visite de retour, il entendit à leur porte un grand bruit, et reconnut la voix des deux enfants. Il eut peur de les avoir laissés trop long-temps sans secours... « Mes enfants, dit-il en entrant, quand l'avoine manque au râtelier, on dit que les chevaux se battent ; en seriez-vous donc là que vous vous querellez si fort ?

— Nous n'en serons jamais là, dit naïvement Ignace, puisque nous ne sommes pas des chevaux ; mais c'est Sophie qui veut toujours me traiter en gourmand, et me donner toutes les provisions du ménage : cela m'insulte et me fâche.

— Chers enfants, dit tout bas le prêtre attendri, vous avez bien raison ; la pauvreté et le malheur n'entraînent le mal après eux que lorsque les âmes ont été mal cultivées ! Quand elles savent aimer et prier, elles savent faire du bonheur avec les misères de la vie. Mais, hélas ! combien d'âmes sont moins soignées au berceau

que des chevaux à l'écurie ! et le proverbe des
chevaux qui se battent quand l'avoine manque
est une triste accusation contre ceux qui lais-
sent les hommes ressembler aux bêtes. »

Puis, tendant la main aux enfants, il ajouta
tout haut : « Mes petits amis, c'est bientôt que
vous ferez votre première communion, car vos
cœurs sont bien préparés; et je suis venu vous
apporter cette bonne nouvelle, comme la récompense de votre conduite pieuse et labo-
rieuse. »

Sophie et son frère, qui ne s'attendaient pas

encore à cette grâce, se mirent à genoux comme si Dieu les eût touchés en même temps.

« Mais, dit Ignace, est-ce que vous croyez que nous sommes assez bons pour communier bientôt ? Ma mère nous a souvent dit qu'il fallait beaucoup souffrir pour grandir, et jusqu'à présent nous avons été heureux. Un instant nous avons souffert de voir s'en aller de nous nos bons parents ; mais en nous rappelant qu'ils étaient là-haut à nous regarder pleurer, nous n'avons plus souffert pour ne pas leur faire mal. Nous avons travaillé, c'est bien vrai ; mais je donnerais je ne sais quoi pour ranger toute ma vie les fleurs et les fruits de la marchande, polir et nettoyer les ustensiles de cuivre de la cuisinière. Je n'ai donc rien fait pour grandir, puisque je ne souffre pas ?

— Et les chemises à cinq sous ? dit le prêtre.

— Ma foi ! Sophie me raconte de si bonnes histoires en cousant des chemises ; elle rit de si bon cœur lorsque je fais un ourlet de travers, dit Ignace, que rien que pour la voir heureuse et l'écouter parler, je voudrais faire des chemises !

— Mais vous subissez des privations, mes enfants.

— Lesquelles ? dit Ignace en regardant le

prêtre avec surprise. » Le fait est que ces enfants n'avaient pas le temps de penser à ce qui leur manquait : le travail, leur affection mutuelle et la prière remplissaient si bien leur vie !

— Et les soins au vieillard infirme ?

— Ah ! dit l'enfant, nous serions bien malheureux si nous n'avions pas ce pauvre cher homme à soigner ! Que dirions-nous à nos parents, lorsque nous allons sur leurs tombes, si nous ne faisions rien pour les autres? Ils ne voudraient plus de nous pour leurs enfants.

— Eh bien, soit, vous êtes heureux, quoique pauvres, quoique orphelins ; vous êtes heureux de vos labeurs, de vos sacrifices ; heureux de tout ce qui fait blasphémer les autres. Mais ce bonheur-là, s'il ne grandit pas, c'est qu'il faut être grand pour le connaître ! Vous avez bientôt treize ans, vous êtes purs et pieux, vous communierez dans un mois.

VI.

Nouvelles joies et nouvelles peines. — Le jour de leur première communion.

Le jour de leur première communion, Sophie pleura beaucoup ; elle avait vu toutes les autres petites filles avec leurs mères, et la sienne ne lui avait pas donné sa bénédiction en

l'embrassant, avant d'aller à l'église !... Pauvre

petite! elle pleura et pria tant que le bon Dieu en eut pitié.

Le lendemain, Ignace était seul sur la terre. Ce fut une douleur au-dessus de ses forces; et il courut, sans qu'on pût l'arrêter, se jeter dans les bras du bon prêtre, qui pleura avec lui, car il aimait ces deux enfants.

Mais quand il eut pleuré, il lui prit les mains, et lui dit avec une tendre émotion :

« Mon fils, vous n'êtes pas seul sur la terre ; ceux que vous aimez vous accompagnent du regard, et vous troublez leur ciel par vos larmes. Et puis il faut être digne d'eux pour être un jour auprès d'eux ; et, si vous vous découragez ainsi, vous démériterez là-haut. D'ailleurs, vous pouvez être utile encore dans la vie, et vous devez vivre !

— Utile à qui? dit tristement Ignace.

— Dieu le sait, mon fils, et vous l'apprendra sans doute. »

Ignace étouffa ses larmes en regardant le ciel, pour que sa sœur ne les vît pas dans ses yeux, et pria long-temps quand il se retrouva seul avec le vieux voisin, qui lui devint plus cher encore ; mais pendant quelques jours il ne pouvait ni penser ni agir, et s'en allait errant dans les rues, regardant sans voir, et parlant sans reconnaître personne. Un matin qu'il passait sous l'échafaudage d'une maison que l'on bâtissait, une règle qui sert de mesure aux maçons tomba devant lui. Toujours obligeant d'instinct, il prit cette grande règle et grimpa aux échelles pour la rendre aux ouvriers. « Comme il monte vite ! dit un contre-maître; » et, s'adressant à Ignace : « Voulez-vous nous aider aujourd'hui; vous avez l'air de chercher un maître ? » Ignace accepta, et servit de son mieux les maçons qui travaillaient. Intelligent et hardi, il eut bientôt compris tout ce qu'il devait faire, et fut engagé à revenir le lendemain. Tous se préparaient à descendre, quand un ouvrier glissa et perdit l'équilibre ; mais il resta suspendu sur une planche mince et pliante, qui allait rompre sous ses pieds. Le temps manquait pour descendre et placer une échelle. Ignace tenait une corde; il se la noue autour du corps, la fixe de l'autre bout à une poutre, et se laisse glisser dans la direction du malheureux, qui tombait une seconde plus tard. Ignace le saisit par sa veste et le fixe à la corde, puis il crie aux autres de les remonter tous deux en tirant cette corde. L'ouvrier fut sauvé ainsi, et ce soir-là Ignace fut encore heureux de vivre !

L'ouvrier sauvé se nommait Théodore; il

avait vingt ans, et son sauveur treize. Théodore

devint l'ami dévoué d'Ignace, qu'il ne quittait plus; mais Ignace eut bien du chagrin quand il s'aperçut que son ami avait l'habitude de boire!...

« Pauvre garçon, lui disait le bon prêtre, il n'a rien appris à aimer, il ne sait trouver de bonheur que dans les choses grossières, et il va où il croit que le bonheur l'attend, parce que nous allons tous au bonheur; beaucoup se trompent de chemin, voilà tout. Ses parents eux-mêmes avaient peut-être des goûts aussi grossiers ; il ne peut être riche que de ce qu'il a reçu, et, s'il n'a reçu que de mauvais exemples et des facultés malades, soyez indulgent et patient, Ignace, vous qui avez eu le plus bel héritage du monde, la foi ; n'accusez pas trop vite, et prenez votre pauvre ami en pitié ! »

Ignace était alors plus doux et plus miséricordieux. Cependant, un jour que son ami voulut le frapper pendant son ivresse, Ignace se laissa faire une petite blessure. Théodore, effrayé, reprit subitement sa raison à la vue du sang, et se mit à genoux devant lui ; Ignace le releva sans colère.

« Écoute, lui dit-il ; tout homme qui s'enivre s'expose à tuer son père ou ce qu'il a de plus cher au monde, puisqu'il s'expose à devenir *fou ;* tout homme qui s'enivre accepte donc volontairement d'avance la possibilité de devenir *assassin.* Voilà pourquoi celui qui prend l'habitude de boire est un lâche, et je ne serai jamais l'ami d'un lâche ! » Ces derniers mots, prononcés lentement, remuèrent Théodore jusque dans les entrailles ; il ne répondit rien, mais il ne s'enivra plus, et l'orphelin offrit encore cette bonne œuvre à l'ombre de son père.

Il sortit dès lors tous les dimanches avec son

ami, et ils allaient au hasard dans le premier village venu se promener, quelquefois pêcher, et toujours rire en jouant comme des enfants de huit ans, le long des chemins. Théodore s'habituait ainsi peu à peu à trouver du bonheur dans les choses honnêtes. D'abord la campagne l'avait ennuyé; mais Ignace y allait, et il fallait bien le suivre pour être avec lui! Puis le charme l'avait gagné, et il y retournait pour revoir les fleurs et les arbres, et reprendre les petits poissons qu'Ignace faisait si bien frire! Ignace donnait chaque jour un peu de sa richesse d'âme à son frère d'adoption.

VII.

La trêve de Dieu.

Ignace avait tout perdu, et cependant il était toujours riche. Il n'avait pas même un asile à lui, mais l'hospitalité du vieux pauvre lui rappelait les services que ce brave homme avait reçus de lui et des siens, et cet asile lui était plus doux que le toit d'un prince! Il avait travaillé jeune, mais de ces travaux il en avait fait des jeux ; et encore maintenant qu'il est aide-maçon, il joue le long des cordes et des échelles comme un écureuil, se bat avec les moineaux bavards et hardis qui viennent jusque sur son marteau becqueter son morceau de pain.

Aussi notre aide-maçon s'amuse-t-il beaucoup avec ces oiseaux qui le connaissent et se querellent avec lui tout le long du jour ; et puis ces travaux au grand air lui plaisent : il lui semble que sa mère et sa sœur le voient mieux quand rien ne le sépare du ciel.

Et puis il a un frère ; ce n'est pas le hasard de la naissance qui le lui a donné : il lui a sauvé la vie, et ce lien qui les attache l'un à l'autre vaut bien celui du sang. Ignace avait tout perdu, et cependant il était riche !

La seule inquiétude de sa vie, c'était de voir venir des nuages : comme le marin en mer, il interrogeait le ciel souvent, car la pluie arrêtait le travail, et coupait les vivres aux deux frères.

« Cependant, se disait-il, sans pluie, le jardinier, le laboureur manqueraient de pain ; le bon Dieu a bien à faire pour nourrir tout le monde. » Il disait cela en apercevant sur sa fenêtre ses violettes et son cerfeuil se réjouir sous les gouttes d'une ondée ; et, presque consolé en voyant ces plantes plus fraîches et plus vivantes, il se disait tout bas : « Quand je serai un peu riche, je louerai un petit jardin, et ce que la pluie m'ôtera comme maçon, elle me le rendra comme jardinier. » Le bon Dieu n'aurait peut-être pas tant à faire pour nourrir tout le monde, si on voulait se donner la peine de faire quelquefois le raisonnement si simple de cet humble enfant de seize ans.

« Théodore, dit un jour Ignace à son frère, viens à Bagnolet, nous ne connaissons pas encore ce village. » Et l'on partit. C'était un dimanche après la messe : je ne sais pourquoi, mais pour les enfants et les cœurs simples, les jours de fête se lèvent d'une autre couleur, et tout prend ces jour-là des teintes riantes et gracieuses qui invitent à la joie et remplissent les âmes de gratitude.

Ignace et Théodore arrivèrent tout en chantant à Bagnolet.

Ils s'arrêtèrent devant une belle maison blanche ; les corbeilles de fleurs d'un parterre étalaient leurs richesses, et jetaient leurs parfums aux passants comme pour leur annoncer l'opulence du maître. De grands marronniers d'Inde répandaient une ombre verte et transparente autour de la maison, et les deux amis s'arrêtèrent. Ignace imita le chant des petits oiseaux avec une feuille d'arbre placée entre ses lèvres, et ils vinrent autour de lui en chantant toujours : «C'est bien dommage que je ne puisse faire venir aussi les fleurs, » dit-il. Un coup de vent sembla répondre à l'enfant, et les fleurs s'inclinèrent de son côté ; un petit rosier blanc fut même déraciné par le vent, et resta penché vers la terre.

«Pauvre petit, dit Ignace ; il va mourir là si on ne le relève bientôt ; » et, sans consulter Théodore, il grimpe à la grille d'entrée et saute dans le jardin. Un grand chien s'élança furieux sur lui ; mais, avant qu'il eût le temps de le mordre, Ignace le regarda, et le chien se coucha honteux et repentant sous ce regard, qui le dominait par cette puissance que la bonté donne. On est si fort quand on n'a rien fait de mal, que l'on ne craint rien sur la terre !

Tout ce qui est inoffensif impose même aux animaux une sorte de respect involontaire, et *César* obéit à cet instinct ; mais le jardinier avait entendu, et il accourait.

« Que faites-vous là, gamins, et qui vous a donné la permission d'entrer ? — Celui qui donne un passe-port aux oiseaux et aux papillons, » dit Ignace en montrant du doigt les papillons blancs qui se promenaient sur les plates-bandes fleuries.

Théodore voulut raconter l'histoire du rosier déraciné, mais le jardinier l'interrompit : « Vous voulez m'entortiller avec vos langues dorées, mes voleurs de roses ; mais impossible ! et vous allez venir vous expliquer avec mon maître. Allons donc, et vite !

— J'ai eu tort d'entrer, mais je n'ai fait aucun dommage ; mène-moi à ton maître et que cela finisse.

— Comme vous y allez, beau sire ! Il dort, mon maître, et vous attendrez, dit le jardinier vexé de ne pas faire assez peur à son jeune maraudeur.

— Il dort, dit Ignace, pendant que les oiseaux chantent et que le soleil luit ! Il dort ! à la bonne heure de dormir pendant que la nuit cache tout ; on ne quitte rien en fermant les yeux, puisque tout est noir. Mais dormir en plein midi, avec tant de belles choses autour de soi ! (Apercevant l'intérieur d'une chambre au rez-de-chaussée, il continua :) Mais c'est impossible ! je resterais un an éveillé à regarder ces tableaux, à faire chanter ces instruments et à compter ces magnifiques coquillages. Mon Dieu, pourquoi suis-je si pauvre !

— Pauvre, dit une voix derrière lui; pauvre, mon bel enfant! quand vous possédez en vous de quoi vous approprier tout ce qui est beau dans le monde! N'emporterez-vous pas ces fleurs et tout ce qui vous charme ici dans la mémoire de vos yeux et de votre cœur? E tandis que je *dormirai*, ou que je vivrai dan l'agitation fiévreuse des affaires, ne serez-vous pas, vous, au milieu de ma propriété, seul et

unique *propriétaire?* Oh! non, vous n'êtes pas aussi *pauvre*, mon enfant! car la richesse n'est pas dans ce que l'on peut acheter avec de l'or, mais dans ce que l'on peut comprendre avec son âme; et quand l'âme est pure, elle comprend toute la création, puisqu'elle comprend Dieu. »

La voix se tut, et un homme de belle taille, d'une figure grave et douce, sortit de derrière une charmille.

Théodore avait vu à la tournure de la conversation qu'il pouvait enjamber la grille, et il alla tomber devant le propriétaire, qui se mit à rire.

« Entrez, mes enfants, et racontez-moi votre histoire. »

« Ignace, dit-il après avoir tout entendu, si vous voulez venir travailler chez moi, je vous apprendrai pourquoi les petites poudres noires et les liqueurs sales des chaudronniers font si bien reluire les métaux. Je suis fabricant de produits chimiques, et je vous prends pour aide dans mon laboratoire.

— Est-ce que je viendrai quelquefois à la campagne? demanda Ignace; et mon frère que voilà viendra-t-il chez vous avec moi?

— Si vous le voulez, mon ami; j'ai bien de quoi l'occuper. Quant à la campagne, vous y viendrez tous les dimanches jardiner un peu et secouer vos ailes au soleil.

« — Je serais trop heureux, monsieur ! mais je ne crois pas tout cela possible, dit Ignace ; car, voyez-vous, ma bonne mère me l'a dit, bien jeune, lorsqu'il m'arrivait toutes sortes d'accidents : Il y a des gens qui *se casseraient le nez contre une livre de beurre ;* et je suis de ceux-là ! Tout ce qui vient rose devant moi se change en noir en approchant. Je suis fait tout exprès pour souffrir, et je m'en acquitte bien. Il ajouta plus tristement : Tout m'avait été donné pour être heureux : un père, un frère, une sœur ; et tout ce bonheur-là n'est venu autour de moi que pour me faire un vide plus grand à la fois !

— Mon jeune ami, dit l'inconnu ; je tâcherai de remplir un peu votre cœur ; » et il tendit sa main à Ignace.

Théodore ne disait rien ; son visage exprimait une tristesse contenue qu'Ignace devina.

« Pardonne-moi, dit-il à son frère d'adoption ; je ne suis pas ingrat, et ton amitié me fait beaucoup de bien ; mais une mère et une sœur, rien ne les remplace ! »

Les deux amis saluèrent leur nouveau protecteur, et l'on se sépara très-contents les uns des autres.

Le bon prêtre fut consulté, alla voir le savant

qui prenait ainsi ces deux jeunes gens ; et, le trouvant plein de bonté et de sentiments généreux, il conduisit ses protégés chez leur nouveau patron.

Depuis qu'Ignace avait eu quelque chose à aimer sur la terre, et à protéger à toute heure, il avait repris à la vie ; son vieux voisin et son frère Théodore, c'était encore une famille ; et lui, le plus jeune des trois, il en était le père.

Comment n'aurait-il pas vécu et remercié Dieu de vivre !

VIII.

Toujours la lutte : il faut bien souffrir pour grandir.

La chimie et ses expériences merveilleuses plurent beaucoup à Ignace, qui trouva tout cela d'autant plus magique qu'il était plus ignorant.

Son maître le dirigea dans quelques lectures ; et ce travail était tellement selon ses aptitudes, qu'il fit de rapides progrès dans la chimie industrielle ; il aima bien mieux encore la campagne à mesure qu'il devenait chimiste.

Ce bonheur ne devait pas durer. La concurrence d'un riche capitaliste ruina aussi la fabrique; et le digne bienfaiteur d'Ignace quitta Paris pour aller vivre en province des débris de son naufrage, comme le père d'Ignace avait quitté la province, et peut-être comme les successeurs de Delplanque et du fabricant quitteront un jour leurs foyers, chassés à leur tour par des capitaux plus élevés; car c'est la lutte de l'or contre l'or qui est aujourd'hui le grand fléau du monde; et les fortunes se dévorent entre elles l'une par l'autre, faute de s'associer pour une immense entreprise : le bonheur de tous.

Il faut que cela soit sans doute, puisqu'il faut souffrir pour grandir, les hommes comme les enfants, les sociétés comme les hommes.

Ignace fut vivement affecté de ce nouveau malheur. Sa foi était toujours la même, et il ne se plaignit pas; mais son cœur saignait bien! et, découragé de tout, il resta long-temps sans pouvoir chercher à se placer de nouveau. Théodore, dont tout le bonheur était de vivre avec son sauveur, souffrait moins, et s'était refait maçon, heureux d'apporter le gain de ses journées à Ignace, qui finit par se trouver bien coupable de sa paresseuse résignation. « Non, dit-il, je ne dois pas rester ainsi inactif et inutile. On n'a le droit de se résigner à la mort qu'après avoir tout fait pour la combattre; et c'est du suicide que de se croiser les bras sur ses plaies, au lieu de chercher à se distraire pour les guérir. »

Et il s'en fut retrouver le bon prêtre, qui le reçut comme un père.

« Il faut, mon fils, que vous fassiez un voyage; votre santé s'altère, et des impressions nouvelles vous distrairont seules un peu. On me demande un jeune homme qui sache seulement sa langue et qui ait des sentiments religieux pour aller en Pologne, enseigner le français à deux enfants. Acceptez-vous cet emploi?

— Oui, mon père; car ce pays est triste et pâle comme mon cœur, d'après ce que j'ai lu de son climat; et l'ombre de ceux que j'aime me suivra partout.

— Et moi aussi, dit Théodore en entrant; bien que tu m'oublies, monsieur le voyageur! Mes bras me nourriront partout, et je pars. »

IX.

Une autre sœur.

Le voyage fut long, mais salutaire au jeune homme, qui sentit sa curiosité se réveiller à la vue des campagnes qu'il traversait. Tout avait un langage pour lui; et où les autres n'apercevaient rien, il trouvait, lui, des sujets d'admirer et de bénir. Il y a des verres grossiers à travers lesquels on ne voit les choses que d'une manière informe, et des verres qui font découvrir les plus imperceptibles beautés d'un tableau. Il y a des âmes tellement chargées de fautes, d'ignorance et de faiblesses qu'elles ont perdu la faculté de voir à fond ce qu'elles regardent; il en est d'autres qui ont poli ce miroir, où Dieu se regarde pour retrouver son image, et qui, à force de vertu, de courage et de bonté, ont acquis la puissance de sonder les secrets les plus mystérieux de la création, et d'en comprendre les beautés les plus infinies.

Ignace et Théodore arrivèrent heureux en Pologne; mais le malheur les y attendait encore.

La révolution avait éclaté dans ce malheureux pays ; et nos deux amis, trouvés au milieu d'une famille révoltée, furent envoyés en Sibérie avec cette famille.

« Qu'importe ! se dit Ignace ; Dieu est partout, sur terre et sous terre, et la chimie aussi ! »

Et le voilà explorant, curieux, ces vastes souterrains où tant de richesses étaient enfouies. Cet or, pensait-il quelquefois, fera plus d'esclaves dans le monde que l'empereur de

Russie n'en amène ici pour l'arracher des entrailles de la terre !

Seulement l'image de sa sœur passait souvent dans ses rêves. Le vieux voisin était mort aussi avant son départ, dans ses bras, et toutes ces tombes lui écrasaient parfois la poitrine ; mais il regardait le ciel, et reprenait courage. Théodore avait été séparé de lui dans la distribution des travaux de la mine ; et c'est pour cela sans doute qu'il était plus triste : il était si aïmant ! mais on se fait partout une famille quand on a du cœur ! et bientôt il s'attacha aux pauvres mineurs qui l'entouraient, et s'y attacha si bien qu'il redevint heureux. Certes il régnait en souverain maître dans ce sombre royaume des mineurs, car tous lui obéissaient avec amour, et ces captifs, parmi lesquels se trouvaient de nobles grands seigneurs, le bénissaient chaque jour, lui, l'humble enfant du peuple, pour leur avoir apporté l'exemple d'un courage tranquille, d'une foi constante et d'un dévouement sans bornes.

Il vécut ainsi deux ans sans se plaindre un seul jour. Admirant Dieu pour tout ce qu'il avait mis de trésors en tous lieux, et ne pensant pas une fois que cet or était pour les autres, ou plutôt pensant que les autres n'auraient jamais autant de bonheur à le dépenser qu'il n'en avait eu à lui faire subir mille transformations dans ses expériences chimiques, qu'il avait obtenu de continuer parce qu'elles profitaient à l'exploitation de la mine.

Mais il avait assez souffert, et Dieu trouva que le temps d'épreuve avait assez duré : pas un murmure contre sa destinée ne lui était échappé, et s'il avait eu quelques défaillances en cherchant sa sœur à ses côtés, il se les était reprochées comme des fautes, et Dieu les lui avait pardonnées.

Par un beau jour, car il y a des beaux jours même en Sibérie, on illumina la mine, et tout le monde fut averti qu'une grande visite d'étrangers allait honorer les souterrains pendant quelque temps. Ils vinrent en effet bientôt et se dispersèrent sous ces immenses voûtes. Après quelques heures d'exploration, les visiteurs revinrent au point de départ; mais lorsqu'ils se comptèrent, deux d'entre eux manquaient au nombre. On appela de tous côtés, et pas une voix ne répondit. Plusieurs détachements de mineurs furent envoyés à la recherche des égarés. Ignace ne fut point désigné, parce que sa spécialité de chimiste et les services qu'il rendait lui donnaient déjà une petite importance et le faisaient ménager lorsqu'il s'agissait d'une corvée; mais son cœur ne voulait pas de semblables priviléges : il s'élança seul sous les immenses souterrains de la mine. Il revint bientôt, rapportant ou plutôt traînant deux corps inanimés. Ces étrangers étaient passés près d'une caverne d'où se dégageaient des gaz sulfureux, et ils avaient été asphyxiés. Ignace avait failli tomber aussi; mais il avait dit avec tant de foi : « Mon Dieu, que votre volonté soit faite ! » que Dieu avait voulu le sauver.

Il était épuisé en arrivant et il tomba sur un banc de terre. Cependant quand il entendit parler de saigner les asphyxiés, il fit un effort pour parler, et demanda un peu d'eau de javelle, qui a la propriété de décomposer les gaz de cette nature, y trempa ses mains, les approcha lentement et avec précaution du visage des deux asphyxiés, qui ouvrirent bientôt les yeux : c'était un père avec sa jeune fille de seize ans, qu'il n'avait pas quittée depuis la mort de sa mère, même dans ses voyages lointains. Ignace la regarda comme s'il sortait d'un rêve.

« Sophie ! » dit-il en tombant à genoux.

La jeune fille se réveilla comme d'un long sommeil. » Qui m'appelle? Où suis-je? » demanda-t-elle.

Son père cherchait leur sauveur pour le bénir ; mais Ignace restait à genoux, et répétait : « Ma sœur ! »

C'était en effet ses beaux cheveux noirs à reflet d'azur, et ses yeux veloutés et doux, et sa voix sonore et grave ; c'était elle, et sa bouche répondait au même nom !

Le père de la jeune fille était un savant distingué, ayant rendu de grands services à son pays, et à qui l'empereur de Russie ne savait rien refuser. Il supplia le jeune mineur de demander une grâce. Ignace obtint une amnistie pour vingt exilés ; il n'en demanda pas pour

lui, préférant encore vivre là, dans cette tombe, que de revenir sur la terre, seul, toujours seul, après avoir entrevu, comme dans un rêve, une autre sœur.

Mais le père de la jeune fille était juste et reconnaissant, et un jour Ignace fut ramené presque en triomphe en Pologne; Théodore était avec lui, on le pense bien.

Sans être riche, le père de Sophie avait acquis par ses travaux une petite aisance qu'il voulut partager avec son libérateur : c'étaient quelques coins de terre, et Ignace se réjouissait d'en être le jardinier : n'était-ce pas la réalisation de son premier rêve ! et la science l'avait encore plus attaché aux beautés de la nature, car la science l'avait initié aux trésors les plus mystérieux du riche royaume de la terre ! Le père de Sophie ne pouvait partager aussi sa fille ; et sentant qu'une âme jumelle de la sienne était nécessaire au bon et noble jeune homme qui les avait sauvés, lui offrit de rester avec eux pour toujours.

Il devint le fils de cet homme qui lui devait la vie, et il a maintenant une humble et tranquille existence. Il travaille comme un vrai paysan, quand le soleil donne, et comme un vieil alchimiste dans son laboratoire, quand il pleut. Sophie l'accompagne et l'aide en tout. Pour que son cœur fut complétement heureux, il lui manquait encore quelque chose : c'était 'accomplissement d'un saint devoir, et il fit un pélerinage sur les tombes de sa famille, cueillit sur ces tombes quelques plantes qu'il cultive en pays lointain. Le bon prêtre qui l'a tant protégé lui a donné son portrait et sa bénédiction : c'est tout ce qu'il a de plus précieux des choses de la terre ! Il est pauvre pour tout le monde ; mais devant Dieu ce pauvre est riche.

FIN.

TABLE.

www.ingramcontent.com/pod-product-compliance
Ingram Content Group UK Ltd.
Pitfield, Milton Keynes, MK11 3LW, UK
UKHW022122170726
13837UKWH00003B/1298